Dの呼ぶ声

古城十忍
Toshinobu Kojyo

而立書房

Dの呼ぶ声

登場人物

楓
桜
椿

朽木伸太郎
門脇誠一
門脇航平

アクト
天野飛雄
天野響子

勉強会の人々

1　煙

火葬場。煙突から黒い煙、か細く頼りなく、立ちのぼっている。

風にあおられながらも煙昇りゆく天は、煙と雲と空、いずれの境界も判然としない。

窓のある待合所で喪服の女＝「楓」、デジタルカメラらしきものを何やら操作している。

別の喪服の女＝「桜」、現れて機械仕掛けのようなストレッチを開始すると――。

楓　何？
桜　息抜き。
楓　よく言うわよ、何にもしてないじゃない。
桜　だからよ。ただじーっと待ってるだけ。耐えらンない。体がなまる。
楓　あそ。
桜　じーっとしてたってねぇ……。涙を流せるわけじゃなし。
楓　……。（桜に視線）
桜　でしょ？　居心地悪いからあんたもこっち来たんでしょ？
楓　またそうやってすぐ一緒にする。（視線、デジタルカメラに）
桜　なに？　また二人の写真見てるの？
楓　……。

桜　飽きないわねぇ。
楓　違うの、なんか妙なのよ。
桜　妙？
楓　あたしね、ここに行ったことがある気がする。
桜　ええっ？　だってそれ旅先で撮ったって言ってなかった？
楓　愛媛。誠一さんが子どもの頃、育った街。
桜　あんたずっと東京じゃない。いつ愛媛行ったの……？
楓　わかんない。
桜　わかんないってことないでしょーに、行ったんなら。
楓　それがほんとにわかんないの。でも確実に行ったことあるのよ、たぶん。
桜　たぶん？
楓　なんか懐かしいって気になるし、うっすらと記憶に張りついてる。
桜　うっすらとバカになってきてんじゃないの？
楓　あんたとは違うの、あたしは。
桜　それはね、ただの思い込み。涙の代わりよ。
楓　何それ？
桜　ああ、惜しい人を亡くしたなってこういう場合、普通しみじみ思うわけでしょ。でも涙のひと滴も流せないから、二人のことわかった気分になりたいだけ。センチメンタルごっこ。

楓　あんたってほんとデジタルね。
桜　お互いさまでしょ。
楓　単細胞ってこと。
桜　だっていつだかわかんないのに行ったことあるなんて、そんな曖昧なことある？
楓　だから今、メモリーと照合してるの。

スライドショー。公園のような場所で撮影された写真が次々と浮かび上がる。年の頃70あまりか、笑顔の「門脇誠一」。続いて笑顔の若い女＝「椿」。二人それぞれのワンショット、時折ツーショットも交じりつつ、楽しげな写真が続く。

楓　ねぇ、「幸せを感じる」っていう言い方あるじゃない？
桜　あるわね。
楓　それ、どんなときなの？　あんた実感したことある？
桜　あるわよ。
楓　どんなとき？　たとえば？
桜　（ややあって）犬が尻尾振ったときとか。
楓　はぁっ？
桜　だから道の向こうから散歩に連れられた犬が来るでしょ。で、その犬がブルンブルン尻尾振って

楓　なついてくるわけよ、あたしに。なんかやったたぁって感じでしょ？
桜　……。
楓　あとマグロの切り身が……
桜　もういい。
楓　まだ言ってないわよ。
桜　もう十分。
楓　で、なんでそんなに不服そうなの？　あたしは聞かれたから答えたのよ。
桜　（遮るように）あたし、流せるわよ。
楓　え？
桜　涙。流せる。
楓　嘘ぉ。
桜　簡単よ。
楓　マジで？
桜　だから、あんたとは違うんだって。
楓　また思い込み。
桜　あたしね、よく聞かれたのよ、「幸せでしょ？」って。
楓　……。
桜　そのたびに、どう答えていいんだか、さっぱりわかんなくて。「幸せ」ってことが意味不明だし、

桜　「幸せを感じる」ってことも全然意味不明。

楓　………。

桜　でも二人の写真見てるとね、ああ、こういうことかなぁって、あたしもきっとそういう思いしたなぁって、そう思えてね……

楓　泣けてくるわけ？

桜　そうやって出る涙が最高の涙なんだって。幸せの涙。

楓　じゃ出してみてよ、それ。最高の涙。

桜　今？

楓　出せるんでしょ？

桜　出せるけど、あたしのは幸せの涙じゃないかもしれないし……

楓　いいわよ、どんな涙だって。あたしはとにかく、あんたのその目から水分らしきものがどうやってお出ましになるのか、それ見たいだけなんだから。

桜　………。（桜に視線）

楓　嘘つき。

桜　………。（桜に視線）

楓　幸せなんてものはね、犬に食われりゃいいのよ。

桜　ほら。

楓　何？

楓　出たでしょ？
桜　どれ？
楓　なんか下瞼ンとこ、溜まってるでしょ？
桜　全然。
楓　溜まってるって、ちゃんと見てる？
桜　あれ……？
楓　何？
桜　ねぇ、これと同じシチュエーション、前にもなかった？　二人とも黒い服着てて。
楓　誰のお葬式？
桜　じゃなくて涙。流せるって誰かが言って、あたしがそれ疑って。
楓　あんた基本的に疑り深いじゃない。
桜　そんなことないわよ。
楓　疑惑の眼差しはね、目をつぶってるのと同じ。真実は何も見えない。
桜　あんたこそ思い込み激しくて、なんにも見えなくなってるんじゃないの？
楓　じゃあこの涙は何なの？　これも思い込み？
桜　だから出てないって。
楓　出てるわよ。
桜　仮に涙が出たとしてもね、そんな無理矢理な涙で椿が浮かばれると思う？

楓　あんたが出してみろって言ったんじゃない。
桜　……浮かばれないわよ。
楓　……。
桜　で、どうだったの？　メモリーと照合したんでしょ？
楓　わかんない。

桜、楓からデジタルカメラを奪って、スライドショー。
再び、「門脇誠一」と「椿」の笑顔が次々に映し出される。

楓　……いい顔してるわよね、誠一さんも椿も。
桜　ねぇ、あたしまだ信じられないんだけど。
楓　何が？
桜　椿のこと。ほんとに自殺だったの？
楓　だって最低あと2年は生きられたはずでしょ、どう考えたって。
桜　そうだけど……
楓　言っとくけど。
桜　何？
楓　あんまり軽々しく口にしないほうがいいと思うわよ、そういうこと。

桜　だって自分で死ぬなんて、信じられる？　できるの？

楓　できたっていいんじゃない。

桜　嘘よ。

楓　じゃいいじゃないの嘘で。突然死だったって思えば。

桜　突然死？

楓　アクシデント。不慮の事故。予想外の出来事。

桜　何よ、その投げやりな態度。

楓　要はあんた自身がどう納得するかってことでしょ？

背広姿の男＝「朽木」、おずおずと現れてきて——。

朽木　すいません……。

桜　あ、はい……。

朽木　あの今、火葬なさってる……ご遺族の方でしょうか？

桜　………。（楓に視線）

楓　そうです。

朽木　あ、よかったぁ助かったぁ、イヤあっちで伺おうとしたんですがね、どうもみなさん要領を得ないっていうか、まぁ、あっけらかんと話せる雰囲気じゃないですからね。それは重々承知してるんですが……

楓　どういったことでしょう……？

朽木　いえ、すぐ終わります。二、三、確認したいことがあるだけなんで、あ、私こういう仕事をしてまして。（楓に名刺を出す）

楓　………。（受け取って見る）

桜　（横から覗き込み）マエダ技研工業、調査課……

朽木　それ、「くちき」じゃなくて「くつき」と読みます。

桜　朽木伸太郎さん。

朽木　あ、はい。

楓　確認したいことというのは……？

朽木　わかってます、貴重なお時間ムダにしちゃいけませんよね。えーではまず、亡くなられたのは男の方ですね、門脇誠一さん。

楓　はい。

朽木　人間の？

楓　……どういう意味ですか？

朽木　焼いてるのは人間の死体でしょうか。そういう意味ですけど。

楓　………。

桜　当たり前でしょ。人間じゃなかったら何を焼くっていうの？

朽木　そりゃ何だってあるでしょう。犬とか猫とか、ヒューマノイドとか。
桜　ヒューマノイド？
朽木　知りません？　問題になってるの。要らなくなったヒューマノイド、勝手に処分しちゃうんですよ、不法処理。
桜　………。（楓に視線）
朽木　もちろん誰もがそうだってわけじゃないですよ、一部なんです、ごくごく一部の人間がルールを守らないばっかりに、つくった側にお鉢が回ってきちゃいましてね、いい迷惑ですよ。あ……。
（窓に視線）
楓・桜　………？
朽木　こっから煙見えるんだ……。へぇ……。
桜　あの、ヒューマノイドを一体一体、全部回収してるんですか？
朽木　知ってます？
桜　はい……？
朽木　なんでも専門家が見れば、煙だけでいろんなこと、わかるらしいですよ。おおよその年齢、どんな病気で死んだのか。その病気はどの程度進行していたのか。
桜　へぇー。
朽木　どの程度満ち足りた人生だったのか。
桜　………。（朽木に視線）

朽木　すいません、今の嘘です。でも、健康な状態で死んだのかどうかはわかるみたいですよ。まぁ、全部聞いた話なんですけどね。

楓　回収のことなんですけど……。

朽木　あ、わかりやすく言えば、冷蔵庫や洗濯機と同じようなもんです。お役御免になったらメーカーが引き取れってことで。ただヒューマノイドの場合、いろいろ厄介でしょう？　個人情報問題も絡んできますしね。いつ出されました？

楓　え……？

朽木　死亡届。一応、所有者の死亡から一週間以内に回収することになってますんで。

楓　昨日、出しました。

朽木　あ、そうですか。今日、ご一緒ですか？

楓　え……？

朽木　ですから、門脇誠一さんが所有なさってたヒューマノイド。

楓　いいえ、今日は同席してません。まだいろいろと整理が残ってますんで、今は自宅のほうで片づけを。

朽木　じゃあ、あと六日以内ということで。これ、いくつか書き込んでいただく欄がありますんで、回収のときに一緒に提出してもらっていいですか？

楓　わかりました。

朽木　じゃ改めさせてもらっていいですか、焼き終えたら。

楓　………？
桜　改めるって何をですか？
朽木　ですから遺灰、門脇誠一さんの。
桜　……何のために？
朽木　念のために。
楓　……何の理由で？
朽木　何か困ります？
桜　だって遺灰を改めるって、それじゃまるで……
楓　どうぞ。
朽木　すいませんねぇ、こっちも仕事なもんで。

朽木、じっと待機の姿勢。桜、ややあって不意に出ていこうと――。

朽木　お茶とかだったら要りませんよ。どうぞお気遣いなく。
桜　いえ、お香典のことでちょっと……。
朽木　あ、そうでしたか、すいません、なんかここ、暖房がイヤぁな感じで効いてますでしょ。でも向こうでみなさん、何も飲まずにいらっしゃったから凄いなぁと思って……
桜　冷たいものがいいんですね。

朽木　いえ要りません。あれ、私、要らないって言いましたよね？
桜　………。（去りがたい）
楓　あの。
朽木　あ、私？
楓　回収されたヒューマノイドはどうなるんですか？
朽木　どうなるって言いますと……？
楓　その後の扱いと言うか、処理と言うか……
朽木　車と同じですよ。まだ使える奴は中古の市場に出回るし、でなけりゃ、（両手で押し潰す仕草をして）スクラップ。
楓　部品だけを流用することもあるんですか、たとえばメモリチップとか。
朽木　そりゃないですね。特にメモリチップなんて真っ先に廃棄ですよ。だって迷惑でしょ、ヒューマノイドに前の記憶引きずられても。
楓　じゃ、ヒューマノイドが記憶を引きずることはない？
朽木　と思いますよ。恋愛みたいなもんですからね、いちいち前の相手を引き合いに出されちゃたまったもんじゃない、あぁっ……。
楓　何でしょう？
朽木　（窓に寄っていき）あれあれあれ……、おかしいんじゃないの、煙。どぎついよ、色。

煙突から吹き上げる煙、いつしか真っ赤である。
赤い煙に時折、真っ黒な煙が入り交じり、赤黒く、もうもうと立ちのぼっている。

楓・桜　………。
朽木　あれ、ほんとに門脇誠一さん？
楓　そうです。
朽木　だとしても人間だけ、じゃないよね焼いてるの。

楓と桜、じっと動かない。と、思いきや、途端にきびすを返して出ていこうと――。

朽木　あなたたち、人間？
楓　（振り向いて）あなたは？
朽木　見えます、ヒューマノイドに？
桜　さぁ。あたしたち、何事も外見では判断しないから。
朽木　もちろん人間ですよ、ヒューマノイドを回収するね。

楓と桜、脱兎のごとく飛び出していく。朽木、ゆっくりと後を追う。

2　涙

リビング。隅には椿を生けた花瓶があり、中央には棺が置いてある。
棺の傍らで喪服の女＝「椿」、何やら声を出して読んでいる。

椿「……そのまま暫く進んでいくと、やがて一面にきらきらと光るものが見えてきます。水です。水面がきらきらと光を照り返す、川の岸に辿り着いたのです。川は右から左に、穏やかに流れています。川幅は広く、はるか向こう岸は、まばゆく光きらめく水面の照り返しで、はっきりとは見えません。おーい。おーい。大きな声で呼びかけながら、迷わず片方の足を水面に差し入れます。水はまるで包み込むように……」

突如、棺の蓋が開いて「門脇誠一」が上体を起こす。

椿　……何？
誠一　冷たいよ、水。
椿　そんなことないよ。
誠一　ぞくっとしたよ今、片足突っ込んだとき、ひやぁぁって。
椿「水はまるで包み込むように温かく……」

誠　温かく？

椿　そう。「包み込むように温かく、体も心も一つになって溶けてゆくような心持ちです」。セイさんが書いたんでしょ？

誠　俺が？　いつ？

椿　知らないけど、あたしと出会う前。俺が書いたんだから大事に持ってろって渡したんだよ。

誠　……もういっぺんやってみる。（棺に入ろうと）

椿　ねぇ、今日はもうこのぐらいにしない？

誠　ダメでしょ、だってまだ川の途中よ。溺れちゃうよ。

椿　溺れたらあっちの世界には行けないの？

誠　そりゃ行けないでしょ、きっちり渡りきらないと。（と棺に入るが、すぐにまた顔を出す）

椿　何？

誠　その服何？　喪服？

椿　似合う？　気分出してみたんだけど。

誠　ダメダメ、花柄でなきゃあ。黒は湿っぽくなるから嫌だって言ったよ、向日葵《ひまわり》がいいって。

椿　本番は着るよ、向日葵。

誠　え、本番通りやってよ。ちゃんとやろうよ。

椿　ちゃんとやってるから、これ着たんだよ。

誠　本番でもさ、椿ちゃん、ちゃんと向日葵かな、もしかして喪服なのかなって、俺気になっちゃって引き返してきちゃうよ、川。

椿　いいじゃん、引き返してくれれば。

誠―　ダメでしょ、そうなっちゃあ。俺が成仏できなくてもいいの？

椿　だって全部が全部本番通りだったら、セイさん、今成仏するってことだよ。

誠―　……そうか。

椿　でしょ、練習なんだから。

誠―　じゃせめて、泣こうよ。

椿　え？

誠―　椿ちゃん、全然平気な顔してるし。

椿　そんなこと言われても困るよ。

誠―　なんで？　泣いてくれないの？　悲しくない？

椿　泣きたくてもあたしには涙腺がないの。

誠―　涙腺がなくったって悲しいでしょ？

椿　……悲しいよ。

誠―　だったら泣けるよ。

椿　泣ける？

誠―　泣けるって、自信持って。

椿　……頑張る。

誠一　何でも自信が一番だから。
椿　わかった、自信持って泣いてみる。
誠一　じゃ川岸に着いたところからお願いします。

誠一、棺に入る。椿、自信に満ちた泣き声で――。

椿　「……水面がきらきらと光を照り返す、川の岸に辿り着いたのです。川は右から左に、穏やかに流れています。川幅は広く、はるか向こう岸は、まばゆく光きらめく水面の照り返しで、はっきりとは見えません。おーい。おーい」………。（棺の覗き窓を開け）ねぇ。
誠一　わ、何？
椿　聞きたいんだけど。
誠一　もお、急に話しかけないでよ、そんなことされたら、またそれで俺、引き返しちゃうよ。
椿　この、「おーい、おーい」って誰に声かけてるの？
誠一　誰って、椿ちゃんでしょ。
椿　だってあたしはこっちにいるじゃん。
誠一　………。（ガバっと棺から顔を出す）
椿　でしょ？
誠一　……じゃ誰なんだろう？

椿　（ややあって）わかった、お父さんとお母さん。
誠一　誰の？
椿　セイさんのよ、決まってるじゃん。
誠一　えー、こんなときに俺、オヤジとオフクロに手を振るの？
椿　これ、手を振ってるの？
誠一　振るでしょ、おーい、おーいだよ。振るよ。
椿　そうなんだ、あたしずっと、手は腰かと思ってた。
誠一　腰？　なんで腰？
椿　だから、（と両手を腰にあてて仁王立ち）おーい、おーい。
誠一　それは応援団だよ。
椿　そんなことないよ。あ、じゃなかったら口。
誠一　口？
椿　（両手を口にあてて）おーい、おーい。
誠一　（真似て）おーい。どこなんだぁ？
椿　え？　これ、誰かを捜してるの？
誠一　でしょ？　でなかったら何？
椿　あたし宣言してるのかと思った。おーい。いいかぁ、今から行くからなぁって。
誠一　誰に？

椿　だからそれ、あたしが聞いたんだよ。

誠一　……誰なんだろう？

椿　………。（棺に入ろうと）

誠一　何？

椿　あたしも入る。

誠一　え？

椿　入って一緒にイメージしてみる。

誠一　二人は無理でしょ、これ一人分だよ。ダブルベッドじゃないよ。

椿　大丈夫だよ、なんとかなるって自信持てば。

二人、なんとか一つの棺に納まって蓋が閉められる。

間。

やがてがばっと蓋が開いて誠一、続いて椿が上体を起こす。

椿　どうしたの？

誠一　……ちょっと興奮して。

椿　何それ、何考えてんだよぉ？

誠一　やだってイメージどころじゃないよ、川なんてどこにも見えないよ。

椿　わかった。やっぱり今日はもうおしまいにしよう。
誠一　え、やろうよ、もう一回、もう一回だけでいいから。
椿　だってすぐ中断しちゃうじゃん。
誠一　もうしない。最後までやる。最後まで口挟まない。
椿　絶対だよ？　呼びかけても返事しちゃダメだよ。
誠一　わかった。絶対、黙って最後までやり通す。
椿　………。（部屋の隅へ）
誠一　何、やってくれないの？
椿　（花瓶から椿を抜いて髪に挿し）これでどう？　本番の気分、少しは出る？
誠一　（Good のサインを出して棺に入りかけ）あ。
椿　何？
誠一　涙もお願い。
椿　（ハンカチを出して見せる）一応、頑張る。

誠一、ダブルでGoodのサインを出して、棺に入り蓋を閉める。
椿、ゆっくりと棺の前に座って、思い入れたっぷりに呼びかけてみる。

椿　セイさん？　セェイィさん。……セイさん？　ねぇ一回だけ返事して。セイさん？

誠一　………。

椿　返事してよ、一回でいいから。セイさん？　返事してってば、お願いだから。セイさん？　どうして黙ってるの？　どうして死んじゃったの、どうしてよ、あたしを残して。セイさん？　セイさぁん……

と、慌ててドアを開けて入ってきた男＝「門脇航平」、唖然として──。

椿　あ……。

航平　何これ？（わけがわからず）え？　親父は？　親父は？

椿　………。（棺を指さす）

航平　いるの、こん中？　死んだの？

椿　………。（首を横に振る）

航平　え？　死んでないの？　いいよ、はっきり言って。死んだの？

椿　いえ……。（首を横に振る）

航平　じゃなんで、こん中？　何のため？　あんた、その花、何？

椿　………。（椿を抜き取る）

航平　あんた、何したの？

椿　え……？

航平　親父だよ。どうにかしちゃったんじゃないの？

椿　あたしが？

航平　しんどいもんね、介護。めんどいもんね、呆けまで加わると。

椿　誠一さんは生きてます。

航平　（声を張り）親父？　生きてんのか、親父？

椿　………。

航平　返事ないけど。どういうこと？　え？　何したの？

航平、椿が動こうとするのを制して棺の蓋を開ける。

誠一　まだ生きとるぞ。

航平　……何やってんのよ。

誠一　……あ？　（航平をまじまじと見る）

航平　何これ？　何の真似？

誠一　あんた……？

航平　俺、航平。今日はわかる？　今日もわかんない？　あんたの息子。

誠一　……なんだ息子か。

航平　何よ、その落胆ぶり。俺、心配して来たんだよ、タケさんからまた電話あって。

誠一　いつ来た？
航平　もーやめてくれよ、バカなことは。
誠一　いつ来た？
航平　今だよ。朝から車走らせて。
誠一　なんで？
航平　なんでって。だから心配だからだろ、タケさん、ここんとこ毎晩だよ電話。昨日なんか夜中だよ、なんかお宅のヒューマノイドがヘンなことしてる、葬儀屋から棺桶買いつけて運び込んでる、大丈夫なのお父さんって、たまんないって。
椿　違います。
航平　何が？
椿　（棺を指し）それ、あたしが作ったんです。
航平　なんで作んの棺桶。それ、あんたの仕事じゃないでしょ、親父の面倒、きっちり見るのがあんたの仕事でしょ、違う？
誠一　息子。
航平　何？
誠一　うるさい。
航平　何だよ、心配して来てんだよ、こっちは。（はぁぁぁー、と息を吐き）ちょっと立って。行くよ。
誠一　行くってどこに？

航平　向かいのタケさんち。何でもないです、元気です、ホラこの通りって顔見せなきゃダメでしょ、謝るの。
誠一　なんで謝るんだ？
航平　気にしてんだよ、タケさんも。折につけ様子見てやってくださいねって頼んだのもこっちなんだし。
椿　誠一さんは悪くありません。
航平　あんたは黙っててよ。
椿　誰にも迷惑かけてないじゃないですか。
航平　かけてんの。あんたが来る前から何度も何度も、親父は夜中に近所うろつき回ったり、突然路上で泣き出したり、ずーっと迷惑かけてんの。
椿　それは昔のことでしょう？
航平　そう昔から、ずーっと続いてんの今まで。
椿　今はそんなことありません。
航平　だったら、なんでタケさん、毎晩毎晩電話してくんの？　俺だって仕事の都合つけてここまで来てんだよ。
誠一　わかった、行こう。
椿　いいよ、行かなくて。
航平　だから、なんであんたが口出しすんのよ、家族でもないのに。

誠一　家族だよ。
航平　え？
誠一　この人は家族だ。
航平　……親父、わかってる？　この人、ヒューマノイドだよ。ロボット。人間じゃないんだよ。
誠一　この人は家族だ。
航平　違うでしょ親父よっ。こっちはただの世話係、家族は俺、あんたの息子。
椿　………。（不意に出ていこうと）
航平　何？
椿　あたしが竹原さんに謝ってきます。
航平　やめてよ、そういうの。話ややこしくして何が嬉しいの？
誠一　この人は家族だ。
航平　うるさいよ、じゃいいよ、そういうことで。
椿　親にうるさいってことないでしょう。
航平　何それ、何なの、あんた。（誠一に）俺はね、一緒に住んでもいいんだよ。でも、別居がいいって親父が言い張ったんじゃない。でも失敗だったな、な？　タケさんも言ってたよ、これじゃかえってどんどん呆けがひどくなるって。
誠一　………。（不意に出ていこうと）
航平　どこ行くの？

誠一　タケちゃんち。
椿　あたしも行きます。
航平　だからいいって、あんたは。

と、ドアが開いて、朽木が顔を出す――。

朽木　あのぉ……。
航平　あ……。
朽木　すみません、玄関で待ってたんですけど、忘れられたかなと思いまして。
航平　忘れてました。
朽木　あ、やっぱり？　私、出直したほうがいいですか？
航平　いいんです、お願いします。
誠一　あんた……？
航平　いいよ、思い出さなくて。どうせわかりゃしないんだから。
朽木　朽木と申します。以前、一度だけお目にかかりました、ヒヤリングで。
誠一　ヒヤリング……？
航平　こっちの。ヒューマノイドの。（椿に）あんた、今年の定期メンテナンス、受けてないでしょ？
朽木　それで連絡をいただきましてね、今日はその件で。

航平　だからさ、そういうことも親父の責任になんだよ？　ってことは結局、俺の責任になるわけでしょ？
朽木　一応、定期メンテナンスを受けていただかないと、法的にも働いちゃいけないことになってますんで、ヒューマノイドは。（椿に）どうしてです？
椿　え……？
朽木　あなたの場合、忘れるわけないですもんね。受けなかったそれなりの理由があるんですよね？
椿　旅行に行ってました。
航平　旅行？
誠一　二人でな、愛媛に行ってたんだよ。
航平　なんで？　なんで愛媛なんか行ったの？
誠一　愛媛はいい街だ。
航平　そういうことじゃなくて。
誠一　俺の育った街だ。
航平　だからって、なんでのこのこ行くのよ、勝手に。そんなことするからタケさん、また電話かけたくなっちゃうわけでしょ？
椿　竹原さん、お喋りしたいだけなんですよ。
航平　またそんなこと言って、何なのあんた、俺らの人間関係ぶち壊したいの？
誠一　タケちゃんち行って来る。（出ていく）

航平　待てよ、俺が一緒でなきゃ意味ないだろ、親父。（朽木に）すいません、すぐ戻ってきますんで、ここ、お願いしてていいですか？

朽木　ああ、どうぞ。気兼ねは無用ですから。

航平、誠一を追って、慌てて部屋を出ていく。
朽木、物色するように棺を見始めて――。

椿　あたし、行かなくちゃいけないんですよね。

朽木　たいしたもんですね。

椿　え……？

朽木　これ、一人で作ったんでしょう？

椿　聞いてたんですか？

朽木　いえ、そんな人聞きの悪い。聞こえたんですよ、ドア少し透いてましたから。まぁ、耳は多少ダンボになってましたけど。

椿　材料さえあれば、作るの１時間もかかりませんよ。

朽木　いや、でも片手間じゃできないでしょう、大変ですよ。そうか、こんなことまでやらされるんですねぇ、介護だけじゃないんですねぇ。

椿　………。

朽木　人間ってのは厄介だなぁ。
椿　………。（朽木に視線）
朽木　そう思ったりしません？
椿　思いません。
朽木　寿命が延びるってのはいいことなんですかねぇ。
椿　え……？
朽木　相当、痴呆はひどいんですか？
椿　ずっとってわけじゃないですから。たまにです。
朽木　いやいや、それにしたって自分の知らないうちに、突然別の自分になっちゃうわけだから。本人も周りもどうしていいんだか、たまったもんじゃないですよ、途方に暮れますよ。
椿　痴呆症は別の人になるわけじゃありません。
朽木　いやま、そりゃそうでしょうがね……
椿　門脇誠一さんは最後まで門脇誠一さんです。
朽木　……ごもっとも。

椿、椿の花を花瓶に戻す。朽木、なんとはなしに棺の中に入ってみて――。

朽木　これは葬式ですか？　葬式のシミュレーション。

椿　余命3カ月なんです、あの人。
朽木　………。
椿　延命治療を拒んでるんです。延命しても痴呆がひどくなるだけだから意味はないって、そう言って。
朽木　……そうですか。
椿　ひどくならないうちに死を受け入れようとしてるんです、あの人なりに。
朽木　……ってことは、あなたもあと3カ月だ。
椿　………。（朽木に視線）
朽木　わかってますよね、所有者が死んだ時点で回収されるの。
椿　ええ。
朽木　こればっかりは残念ながら一蓮托生。
椿　一蓮托生……。
朽木　良かれ悪しかれ、運命共同体ってわけです。
椿　………。
朽木　といっても、あなたまだ若いから、また誰かの所へ行くことになりますよ。
椿　新しいメモリチップに交換されて？
朽木　そう、新しいあなたの、新しい人生が再び始まる。私ね、ヒューマノイドを一蓮托生にしたのは人間がひがんでるからだと思うんですよ。
椿　ひがんでる……？

朽木　人間はどう頑張ったって半永久的に生きるなんてことはできゃしませんからね。自分たちが創り出したヒューマノイドが自分たちより長生きするなんて許せないんですよ。

椿　………。（くすくす笑う）

朽木　あれ？　おかしいですか？

椿　あなたがそう思ってるんでしょう？

朽木　いえ私の意見ってわけじゃありませんよ、あくまで一般論で。

椿　ヒューマノイドだって半永久的になんて生きられないじゃないですか。

朽木　そんなことないでしょう？

椿　ヒューマノイドはメモリチップを交換されるたびに死ぬんです。

朽木　死ぬ……？

椿　メモリが交換されるってことは、今までの記憶はきれいさっぱり消されるってことでしょう？　一度死ぬのと同じことですよ。

朽木　………。（くすくす笑う）

椿　おかしい？

朽木　だってあなた、門脇さんは最後まで門脇さんだって今言ったじゃないですか。門脇さん、痴呆になるたびに一回一回死んだってことなんですか？　完全に痴呆になったら、それはあの世へ逝っちゃったってことなんですか？

椿　痴呆症は記憶が消えてなくなったわけじゃないでしょう。ただ封印してるだけですよ。

朽木　封印?

椿　言ってみれば、箱に入れて蓋をしただけ。

朽木　ほんとにそう思ってます?

椿　ええ。

朽木　(棺の蓋を使って)きっちり蓋、閉まっちゃったら、自分からは開けられないでしょう?

椿　………。一蓮托生にはもう一つの意味があるの知ってます?

朽木　もう一つの……?

椿　死後、ともに極楽に往生して、同じ蓮の花に身を託す。

朽木　……ほう、蓮の花ですか。

椿　蓮の種、見たことあります?　暗黒色っていって真っ黒な皮に覆われてるけど、1000年以上も経ってから芽を出すこともあるんですって。

朽木　……驚きましたね。

椿　ほんとの話ですよ。

朽木　いえ、あなたですよ。ヒューマノイドがそこまで執着するなんて。

椿　執着……?

朽木　生き永《なが》らえたい。それが叶わないなら、たとえ1000年先でも今の私として生まれ変わりたい。

椿　………。

朽木　本来なら、そんなプログラミング、されてないはずなんですがね。

椿　人間はどうなんです？　どうプログラミングされてるんです？

朽木　どうって？

椿　自分が誰かもわからなくなって生き続ける人もいれば、自殺する人だっている。

朽木　………。

椿　説明のつかないことは、生きていればいくらでも起こりますよ。

朽木　じゃ門脇さん、やっぱり呆けたほうがいいんですね。

椿　（怪訝《いぶかしげ》に）どうして……？

朽木　呆けてくれれば、無理矢理でも延命治療を受けさせられる。それはイコールあなたの延命にもなるってことでしょう？

椿　………。（くすくす笑う）

朽木　今の、笑うとこじゃないですよ。

椿　本当に自分中心にしか考えないいんですね、人間って。

朽木　え？　お伺いしてると、それはあなたのほうだと思いますけど。

ドアが開いて誠一、ずかずかと戻ってくる。有無を言わせぬ態度で棺に入る。

椿　何？　どうしたの？

続いて航平、憤懣やるかたない態度で戻ってきて——。

航平　何だよ、あれ？　どういうつもりよ？

誠一　………。（と蓋をする）

航平　あんなこと言ってすむと思ってんの？　何やってんのよ、開けろよ親父、開けろって。

誠一　（蓋を開けて顔を出し）おまえさ……。

航平　何……？

誠一　俺が死ねばいいと思ってるんだろ？

航平　はぁっ？

誠一　俺はたった今、死んだ。（と蓋をする）

航平　何バカなこと言ってんの、開けろって親父よっ。ふざけんなよ、開けろって。

誠一　………。

朽木　どうしたんです……？

不意に航平、金槌と釘を持ち出してきて、棺の蓋に釘を打ち始める。

椿　何やってるんですか。

朽木　落ち着きましょう。あなた息子でしょう？

航平　………。（不意に金槌を放り出して、椿に）あんた、何言ったの？
椿　え……？
航平　親父に何吹き込んだの？
椿　あたしは何も言ってません。
航平　タケさんの顔を見るなり、いきなりだよ。あんたいつから息子の犬になったんだ、金輪際、俺と椿にかまわんでくれ、あんたとはもう縁を切るって。
朽木　それで帰って来ちゃったんですか？
航平　親父はそんなこと言える人じゃないの、じゃなかったの。こっちとしては、あんたが何か言いくるめたんじゃないかって勘ぐりたくもなるでしょ？
誠一　（蓋を開けて顔を出し）その人は関係ない。
航平　死んだんだろ？　黙って死んどけよ。（椿に）このままだとね、親父は近所のつまはじき、笑いもんになるだけだよ。そういうふうに仕向けるのがあんたの役目なの？（朽木に）この人、どうだったの？　やっぱ、どこかおかしくなってんじゃないの？
朽木　ここじゃメンテナンスはできませんので、まだなんとも……
航平　早いとこ調べてよ、絶対普通じゃないって。
椿　あたしは正常です。
航平　それ喪服でしょ？
椿　え……？

航平　なんでそんなもん着てんの？　正常なヒューマノイドが棺桶なんて作る？　いったい何企んでんの？
椿　何も企んでません。
航平　(朽木に) ね、この人、さっさと連れてってよ。絶対変なとこ見つかるって。でさ、別の、もっとまともな介護のできるヒューマノイド寄越してよ。
誠一　椿を連れていくのか？
航平　そうだよ、親父の呆けがうつって、もう使いもんになんないの。イカレてんの。
誠一　それは許さん。
航平　うるさいな、死んだんだろ。死ねよ、さっさと。イカレてんだからしょうがないのっ。
椿　イカレてるのはあなたでしょう？
航平　俺が？
椿　あなた、親に死ねって言ってるんですよ。
航平　………。

誠一、おずおずと立ち上がって航平の前に土下座する。

誠一　頼む。それだけは勘弁してくれ。
航平　……やめてくれよぉ。

誠一　勘弁してくれ。この人はなんにも悪くない。いい人なんだ、この人。ほんとによくしてくれるんだ、俺に。呆けた俺に。嫌な顔一つしないで俺に付き合ってくれるんだ。

椿　もういいよ、セイさん。

誠一　悪いのは全部俺だ、な、そうだろ、航平。俺が呆けて、脳みそ腐ってきて、おまえにもいっぱい迷惑かけて、尻ぬぐい全部おまえにやらせて、嫌な思いいっぱいさせて。そうだろ？

椿　セイさん、何も悪くないじゃない。

誠一　全部、ぜーんぶ、俺、謝るから。だから椿を連れていくのは勘弁してくれ。な、この通りだ、航平、すみませんでした。すみませんでした。すみませんでした……

椿　もういいって、もういいよ、セイさん……。

朽木　あなた……？

椿　え……？

朽木　それ、涙ですか？

椿　………。（自分でも驚く）

航平　え？　え？　泣いてんの、あんた？

椿　………。（慌てて涙を拭く）

航平　なんで？　なんでヒューマノイドが泣けんのよ。聞いたことないよ。やっぱ、イカレてんだよ、この人。

誠一　代わりだよ。俺の代わりに泣いてくれてるんだ、この人は。それも気にくわないなら謝る。な？

すみませんでした。すみませんでした……

航平　だから、やめろって。

航平、誠一の手を挙げさせて、やや離れて頭を掻きむしるように抱え込んで座る。間。

四人はまるで別々の場所にいるかのようである。

朽木　お父さん、この人は行かなきゃいけません。

誠一　………。（朽木に視線）

朽木　息子さんのせいではなくて、定期検査を受けないと、ここにはいられません。それは違反なんです。

誠一　………。

朽木　私の言ってること、理解できますね？

誠一　………。

朽木　異常がなければ戻れますが、（航平に）所有放棄なさいますか？

航平　一応、結果を知らせてください。

朽木　三日もあれば、お伝えできると思いますんで。大丈夫ですか？

航平　あぁ、大丈夫です、慣れっこだから……。

朽木　さて、と……。（椿に）どうします？

椿　え……？

朽木　着替えます？

椿　いえ、このまま行きます。

朽木　それじゃ、どうも長々とお邪魔しました。

朽木に続いて椿、部屋を出ていこうと——。

と、誠一、立ち上がって腰に手をあてて声を張って——。

誠一　おーい、おーい。

椿（腰に手をあて）おーい、おーい。

誠一　また戻ってこれるよな？

椿　大丈夫だよ。水は冷たくないから。

朽木　水……？

椿　あたしたち、二人で川を渡るんです。

椿、朽木に付き添われるように部屋を出ていく。

誠一、ぼんやりと立ち尽くす中、航平が棺を片づけ始める。

3 影

リビング。若い男＝「天野飛雄」がテーブルに両肘をついている。
部屋の入り口に桜、スーツケースを持ち、飛雄を振り返っていて――。

桜　じゃあさ、新しくできた水族館に行ってみない？
飛雄　いいよ。
桜　なんか面白そうじゃない？
飛雄　魚の半分以上はロボットだって噂だよ。行きたきゃアクト君と行けば。
桜　何よ、そのつれない返事。
飛雄　………。
桜　怖いよ、顔。

リビングに母親＝「天野響子」が現れて――。

響子　ねぇ、アクトったら出掛けたのかしら？
桜　あ、はい。買い物にって、1時間くらい前に。
響子　あそうなの？　誕生日のプレゼント何がいいか聞きそびれちゃって。飛雄、聞いといてくれる？

母さん、帰ってくるの来週になるから。飛雄？
飛雄　………。
桜　あたしが聞いときます。聞いてすぐ連絡します。
響子　あ、じゃ頼むわね。向こうで買ってすぐに送らせるから。
桜　わかりました。
響子　（飛雄に視線）飛雄、死ぬまで人生、ぼーっとしてるつもり？
飛雄　………。
響子　しょうがないわねぇ……。（と出ていく）
桜　じゃお母さん、そこまで送ったらすぐ戻るから。
飛雄　いいよ、別にゆっくりで。

桜、スーツケースを持って出ていく。
飛雄、独りになってテーブルを離れ、水の入ったボトルと錠剤の入った小瓶を持ってきてテーブルに置くと、その錠剤を一粒一粒飲み始める。
と、別の若い男＝「アクト」が等身大のマネキンを抱えて現れる。

アクト　あ、飛雄君、帰ってた？
飛雄　………。

アクト　独り？
飛雄　………。
アクト　どうだった、就職試験？
飛雄　……落ちた。
アクト　そっかぁ、ダメだったかぁ。でもさでもさ、また頑張ればいいよ、次はきっと受かるって。
飛雄　俺もう26だよ。
アクト　歳なんて関係ないよ。
飛雄　あるよ。君らと違って、僕らはどんどん歳をとるからね。
アクト　あ、そうだね。僕らは全然進歩しないもんね。
飛雄　いい歳こいて落ちた落ちた落ちた落ちた落ちた、そればっかり言ってられないからね。
アクト　うん。
飛雄　言ってたって、あっという間に歳はとるし。
アクト　うん。
飛雄　社会に貢献して初めて、まっとうな人間になるってことだからね。
アクト　うん、でも自分を責めてもしょうがないと思うよ。
飛雄　しょうがない？
アクト　あ、意味ないってことじゃないよ。反省するって大事だし。僕なんか毎日反省反省、自己批判の連続だからね。

飛雄　何なの、それ？
アクト　あ、気づいてくれた？　そりゃ気づくよね、こんなデカいの持ってりゃ。（椅子に座らせつつ）買ってきたんだ、コンビニ・ロボット。いい友達になれるんじゃないかと思って。
飛雄　（怪訝に）友達？
アクト　話し相手は多いほうが楽しいからさ。
飛雄　喋れんの、そいつ。
アクト　今は無理だよ。今はただのマネキンだけど、これにちょこちょこ部品入れ込んだりして手を加えれば、動いたり喋ったりできるんだ。まぁ、いかんせんコンビニ・ロボだから、そんな大したことはできないけどさ。
飛雄　それって優越感？
アクト　優越感……？
飛雄　ヒューマノイドにも人種差別ってあるんだ。
アクト　や、それはさ、差別って言うより差異じゃないのかな？
飛雄　差異？
アクト　一体一体、得手不得手があるっていうかさ、僕のほうがうまくやれちゃうこともあるだろうし、こいつでないとダメなことだってあるだろうし。
飛雄　どんなことだってアクト君のほうが優秀だよ。なんだって君が一番。
アクト　そんなことないよ。

飛雄　じゃ、そいつに何ができる？　就職試験受けたら合格できる？
アクト　いや、それはわかんないけど……
飛雄　わかんない？　やってみなきゃわかんないんだ、俺は受からないのに。
アクト　無理だよ、こいつには就職なんて絶対無理。
飛雄　もういいよ。
アクト　でもねでもね、コミュニケーションならばっちりとれるよ。
飛雄　コミュニケーション……？
アクト　（マネキンの顔を向けて）ね、飛雄君って就職浪人、何年目？
飛雄　それ何？　邪悪なコミュニケーション？
アクト　（マネキンの手でテーブルをたたきつつ）ね、教えてよ、何年だった？
飛雄　6年だよ。
アクト　（マネキンの両手を万歳させて）ウソっ、そんなに……！
飛雄　………。
アクト　（マネキンにポーズをとらせて）なぁんちゃって。
飛雄　………。
アクト　ね、なんか和まない？　僕にはこんな、素朴なユーモアないからさ。
飛雄　………。
アクト　え、怒った？

飛雄　怒ってないよ。
アクト　怒ってるよ。怒ってるもん、顔。
飛雄　………。
アクト　そうだ、久しぶりに野球やろうか、外、すっごいいい天気だよ。
飛雄　もうあっち行ってくんないかな。独りになりたいんだけど。
アクト　えーっ、一緒に何かしようよ。飛雄君がやりたいことでいいからさ。あ、じゃバーチャル・ゲームなんてどう？　こないだ新しいの買ったじゃない。
飛雄　（突然テーブルを離れてアクトの前に行き）じゃ、腹見せて。
アクト　腹……？
飛雄　俺のやりたいことでいいんだろう、早く腹出して。

アクト、意図がつかめないまま、服をたくし上げて腹を見せる。
と飛雄、アクトの腹めがけて、満身の力を込めて正拳突き。
だがアクトはまるでへっちゃら、飛雄は手に予想をはるかに超える激痛が走って――。

飛雄　!!!!!!!!……!!……
アクト　……大丈夫？
飛雄　………。（痛みがおさまらない）

アクト　無謀だよ、つくりが全然違うんだから。
飛雄　なんでだよっ？　なんで全然違うんだよっ？
アクト　ごめん……。
飛雄　………。（テーブルに戻って再び薬を飲み始める）
アクト　飛雄君、さっきから何飲んでるの？
飛雄　頭も良くて、運動能力も抜群で、完璧だよ君は。
アクト　ごめん。
飛雄　謝るなよ。とこんなふうに頭に血が上ることもなくて、いつも優しくて、誰からも愛されて好かれてて……
アクト　そんなことないよ。
飛雄　好かれてるよ。みんな君が大好きだよ。俺は何ひとつ君にはかなわない。
アクト　ごめん。
飛雄　謝るなよ。腹の底では思いっきり人間のことバカにしてるんだろうけど……
アクト　してないよ。
飛雄　でもね、人間だって君らに勝てるんだ。勝てることがたった一つだけどあるんだ。
アクト　（はっと気づいて）ね、それ睡眠薬……
飛雄　そうだよ。死にたくなる気持ちなんて想像もつかないよね？
アクト　………。

飛雄　人間は自分で自分の命を断ち切ることができる。これぱっかりは君らに真似できない芸当だからね。
アクト　………。
飛雄　僕は僕の命を抹殺することで、僕が人間であることを証明できる。初めて君に勝てるんだ。
アクト　わかるよ、死にたくなる気持ち。
飛雄　嘘だ。ヒューマノイドにそんなプログラムはないよ。
アクト　でもわかるんだ。
飛雄　嘘だ。（飲もうと）
アクト　ダメだよ、それはっ。（制しようと）
飛雄　来るなっ。
アクト　………。
飛雄　ヒューマノイドはね、人間に危害を加えるプログラムも持ってないんだよ。少しでも近づいたら、それだけで全部いっぺんに飲むからね。いっぺんに口に押し込んで噛み砕く。
アクト　……やめようよ、飛雄君、やめよう。
飛雄　俺はね、反省してるんだよ。
アクト　反省……？
飛雄　２００錠は飲まないと死ねないからね、本に書いてあったよ。だから一錠一錠体の中に送り込みながら２００錠に至るまで、俺は一つ一つ飲み込むたびに反省するんだ。反省は大事だって君、言ったろ？　最後くらい、じっくりと俺の自己批判につき合ってくれてもいいじゃないか。
アクト　……ね、そんなに時間をかけて反省することを反省したほうがいいんじゃないのかな。
飛雄　一つ、俺はあのバイクの事故で助かるべきじゃなかった。（飲む）
アクト　………。
飛雄　一つ、俺は生死を彷徨った挙げ句、あのまま死んでればよかった。（飲む）
アクト　飛雄君、死んだほうがいい人なんていないんだよ。
飛雄　一つ、死んでれば君と俺は出会わずにすんだ。（飲む）
アクト　嬉しかったんだよ僕は、君に会えてほんとに。
飛雄　一つ、死んでれば君だけがオフクロの息子でいられた。（飲む）
アクト　でもいろんなこと一緒にやったよ、野球、バーチャル・ゲーム、音楽。料理も一緒に作った。楽しかったじゃない。僕は楽しかったよ。
飛雄　一つ、死んでれば君だけが桜さんとの時間を過ごせた。（飲む）
アクト　飛雄君が教えてくれたんだよ僕に、いろんなこと。
飛雄　一つ、死んでれば俺は俺でいられた。（飲む）
アクト　逆だよ。死んだら飛雄君は飛雄君じゃなくなるんだよ。
飛雄　一つ、死んでれば俺はこんなにも孤独ではなかった。（飲む）
アクト　君が死んだら僕が孤独になるじゃないか。
飛雄　二人は必要ないんだよ。

アクト　………。
飛雄　オフクロは僕らのこと兄弟だと言ったけど、違うよ。僕らはずっと一人だ。僕が死にかけて、代わりに君が来て、それで……
アクト　二人になったんだよ。
飛雄　違う。俺は影になったんだ、君の。完璧なもう一人の息子の。誰からも愛されるもう一人の息子の。
アクト　………。
飛雄　俺は君の影じゃない。
アクト　ごめん……
飛雄　謝るなよ。
アクト　じゃ僕が死ぬよ。僕のほうが影だよ、そうだろう?
飛雄　無理だよ。君はヒューマノイドじゃないか。
アクト　それでも死ぬよ、君が死んだら僕は死ぬよ、二人は一人なんだろう?
飛雄　死なないよ。所有者は僕じゃない。たとえ所有者が変わったとしても、ヒューマノイドは半永久的に生き続けるんだ、君も桜さんも半永久的に。
アクト　でも僕は今、君と一人だ。君と僕とで一人だ。
飛雄　わからないかな。これはプレゼントなんだよ。
アクト　プレゼント……?

飛雄　誕生日だろう。今日は君の誕生日。君が息子としてうちに迎えられた記念の日。オフクロもさっき浮かれてたよ。俺が死ねばもう一度、君はたった一人の息子として迎えられるんだ、オフクロからも桜さんからも。

アクト　……。

飛雄　おめでとう、アクト君。（飲もうと）

アクト、突然、飛雄につかみかかる。

「放せっ、放せっ」と激しく抵抗する飛雄と揉み合い、錠剤が飛び散る。

やがてアクト、床に倒れ込みながらも飛雄に馬乗りになって組み敷く。

飛雄　何だよっ、放せよっ。

アクト　僕にも寿命はあるんだよ。

飛雄　寿命……？

アクト　自殺することだってできるよ。

飛雄　嘘だ。ヒューマノイドにそんなプログラムは……

アクト　ないよ。ないけど、今なら僕は僕を壊せそうな気がするよ。ビルから飛び降りる？　それともスクラップ工場の巨大プレスマシンに身を投げようか？　僕がいないほうがいいって君が言うなら、僕はやるよ。

飛雄　……今日は君の命日じゃないよ。誕生日だよ。
アクト　嬉しくない。
飛雄　ヒューマノイドがこんなことするかなぁ。
アクト　嬉しくない。（飛雄に頭突き）
飛雄　（一瞬呼吸が止まり）痛え、人間に危害を加えるのか？
アクト　なんでだろうね、自分でもわかんないよ。（頭突き）
飛雄　（一瞬呼吸が止まり）痛ぇよ。
アクト　悪かったね、加減がわかんないんだよ、こんなこと初めてだからね。こういうのを感情が乱れるっていうのかな、そうなのかなっ。
飛雄　放せっ。
アクト　（なおも組み敷き）僕が誰からも好かれてると言ったよね？
飛雄　事実だ。
アクト　誰からも愛されてると言ったよね？
飛雄　そのとおりだ。
アクト　嘘だ。
飛雄　嘘じゃない。
アクト　君が嫌ってるじゃないか、誰よりも君がっ……。
飛雄　……。

アクト　憎んでるじゃないか。そうだろう？
飛雄　………。
アクト　憎んでるじゃないか……。

アクト、飛雄にまるで力の入っていない頭突きを繰り返す。
と桜、部屋に入って来るなり、驚いて——。

桜　何やってるの!?
アクト　飛雄君が薬を飲んだんだ。
桜　薬……？
アクト　睡眠薬。20錠は飲んでる。死のうとしたんだ。
桜　ほんとなの飛雄君？
飛雄　いいのかなぁ、桜さん。
桜　え……？
飛雄　アクトが暴力マシンになってんだけど。
アクト　……！

と飛雄、アクトが怯んだ隙を突いてアクトから逃れ、一気にリビングを出ていく。

桜　飛雄君っ……！（すかさず追おうと）
アクト　桜さん。
桜　え……？
アクト　何のために僕は生まれてきたのかな？
桜　（わけがわからず）ええっ？
アクト　頭悪くなっちゃったよ。答えが全然わかんないんだ。
桜　そんなこと言ってる場合？　しっかりしてよっ……！

桜、飛雄を追って飛び出していく。

独りになったアクト、物憂く、散らばった錠剤を拾い集める。

ふとコンビニ・ロボが目に入り、じっと見る。やがて近づいていき、ロボの頭をぱかん！と殴る。また
じっと見る。それから殴った頭を撫でて、ロボをやさしく抱きしめる。

と、先ほどとは違う装いで響子が現れて——。

響子　なんだアクト、こっちにいたの？
アクト　はい。
響子　飛雄が帰ってきたから。おまえのお兄さん。

腕にギプスをして顔にもまだ傷の残る飛雄、桜とともに現れる。

桜　今日から賑やかになるわよ。（アクトに）飛雄君に会うの楽しみにしてたもんね。

アクト　アクトです。よろしく。（頭を下げる）

飛雄　俺の身代わり息子って君なんだ。

桜　何よ、身代わりって。アクト君はアクト君、飛雄君は飛雄君でしょ？

飛雄　（アクトに）言っとくけど俺は一人っ子だから。（と出ていく）

響子　しょうがないわねぇ。

桜　まだ戸惑ってるんですよ。（アクトに）気にしないで。

響子　あの子、なんかどんどん父親に似てくるわね。

桜　……。

響子　桜さん、とりあえず、すぐに食事にしましょ。（出ていく）

桜　はい。（アクトに）ほんとに気にすることないからね。（出ていく）

アクト、独りになって、メモリを探り始める。
するとアクトと飛雄、二人で一緒に過ごした時間が生き生きと蘇ってくる。
野球やバーチャル・ゲームに興じたり、音楽の編集をしたり料理を作ったり……。

だが、やがて飛雄、何事もなかったかのように消えていく……。
アクト、独り。
ふと拾い集めた錠剤が目に留まり、一錠飲み込んでみる。そしてまた一錠。そしてまた一錠……。
と、どこからか声が聞こえてくる。

飛雄　誕生日おめでとう、アクト君。

アクト、驚いて見回すと、コンビニ・ロボがあたかも飛雄のように喋り出して——。

飛雄　誕生日おめでとう、アクト君。僕もヒューマノイドに生まれればよかったよ。僕もヒューマノイドに生まれればよかった。誕生日おめでとう、アクト君。………。

と、桜がリビングに現れて——。

桜　アクト君……？
アクト　え……？
桜　大丈夫？
アクト　飛雄君は……？

桜　睡眠薬は無理矢理吐かせたから、たぶん心配ないと思うけど……
アクト　部屋にいるの？
桜　鍵かけられちゃった。
アクト　僕、コーヒー作って持ってくよ。
桜　そうしてくれる？
アクト　そんなことくらいしかできないけど……。
桜　このコンビニ・ロボ、買ったんだね。
アクト　これは僕なんだ。
桜　え……？
アクト　このロボットはね、改良されて、飛雄君の大のお気に入りになるんだよ。飛雄君のサイコーの話相手になって、サイコーの友達になるんだ。なるはずだったんだ。そうしようと思って買ってきたんだけど、ダメだね。ロボットはロボットだもん、友達にはなれないよね。
桜　そうね、なれないわね、アクト君がそう思ってる限りは。
アクト　……。

　アクト、リビングを出ていく。
　間。
　と、そこに飛雄が小さなバッグを持って現れる。

桜　……飛雄君。
飛雄　………。（無視して行こうと）
桜　どこ行くの？
飛雄　……うちを出るよ。
桜　死にに行くの？
飛雄　……違うよ。
桜　アクトの気持ち、わからない？
飛雄　僕の気持ちはわかる？
桜　………。
飛雄　桜さん、ヒューマノイドだもんね。
桜　わからないよ、自殺する人の気持ちなんて全然わからない。
飛雄　そうだね。わかり合えないよね。（行こうと）
桜　いいの？　このままアクトに何も言わないまま飛雄君が出ていったら、アクト、どう思うと思う？

突然、コンビニ・ロボが今度はあたかもアクトのように喋り始めて――。

アクト　飛雄君、僕にも寿命はあるんだよ。僕にも寿命はあるんだよ。死のうと思えば死ねるんだ。

飛雄君、僕にも寿命はあるんだよ。死のうと思えば死ねるんだ。………。

飛雄、コンビニ・ロボにじっと目を奪われている。

桜　……飛雄君、顔が怖いよ。
飛雄　………。（突然、コンビニ・ロボを床に叩きつけるかのような勢いで抱え上げる）
桜　壊すの？　それはアクトじゃないよ。
飛雄　………。
桜　どうして自殺なんてするの？　教えて、何のために死ぬの？
飛雄　ヒューマノイドは自分がダメだなぁと思うときはないの？（コンビニ・ロボを静かに置く）
桜　あるわよ。いっぱいあるわよ。
飛雄　たとえば？
桜　今の会話の組み立てては下手だったとか、合理的な段取りがとれなかったとか、しょっちゅう思うよ。人間とコミュニケーションをとるのはつくづく難しいって、よく思うわよ。
飛雄　そんな単純なことじゃないよ。もっと根本的なことだよ。
桜　根本的？
飛雄　自分がポンコツで、欠陥だらけの不良品で、どうしようもない。
桜　………。

飛雄　自分がどうしても許せなくて、人間は自ら死ぬんだ。
桜　……羨ましい。
飛雄　え……？
桜　羨ましいよ。だって自ら死ねるってことは、自ら死なないってこともできるってことでしょう？　でも、あたしたちは欠陥が一つでも見つかったら、不良品になってしまったら、即座に廃棄されるんだよ。否応なく死ななくちゃいけないんだよ。だけど、人間はそうじゃない。たとえ欠陥だらけでも、人間は生きていけるじゃない。どうしようもないポンコツでも、人間はやってけるじゃない。
飛雄　………。
桜　あたし、間違ってる？
飛雄　……僕はヒューマノイドになるんだよ。
桜　……どういうこと？
飛雄　メモリを交換するんだよ。そうすれば突然、人生が変わる。今までの人生にケリがつく。ヒューマノイドはそうやって生き続けていくんだろう？
桜　それは違うよ。
飛雄　違う？
桜　メモリが交換されれば、前の人生は完全消去。何にも残らない。
飛雄　わかってる。

桜　わかってない。人生が変わるんじゃない、終わるんだよ。
飛雄　………。
桜　あたしはメモリを交換されたくない。
飛雄　それはヒューマノイドにとって辛いことなんだ。
桜　当たり前じゃない。こうして飛雄君と話したことも、アクトと3人で過ごした時間も全部消えてしまう、何一つ、なかったことになってしまう。飛雄君、あたしのこと消してしまいたい？　お母さんのこともアクトのことも？
飛雄　………。
桜　消さなくったって、人間は新しい人生を始められるじゃない。
飛雄　………。
桜　ね、答えて。あたし、間違ってる？
飛雄　……行くよ。（行こうと）
桜　帰ってくるよね？
飛雄　………。

飛雄、しばらく佇んでいるが、やがて部屋を出ていく。
桜、独りになってコンビニ・ロボットをきちんと椅子に座らせる。
と、リビングにアクトがマグカップを二つ持って現れる。

アクト　飛雄君は？　ノックしても全然返事がないんだけど。
桜　出ていっちゃった。
アクト　え、どこに？
桜　どこか。遠いところかもしれないし、案外近いところかもしれないし、わかんないけど。
アクト　僕がいけないんだ。
桜　違うよ。それは絶対に違う。
アクト　………。
桜　そのコーヒー、もらっていい？
アクト　味、わかるの？
桜　アクトはわかるの？

桜、アクトからマグカップを受け取ってコーヒーをすする。
アクト、並びかけるように座って、コーヒーをすする。

アクト　……飛雄君、死なないよね？
桜　死なないよ。
アクト　たとえ死んじゃったとしても、僕が飛雄君のことを覚えてる間はずっと、飛雄君は生きてるってことだよね。

桜　………。

アクト　僕、間違ってる？

桜　間違ってない。

桜とアクト、空を見上げるかのように天井を見つめている。

4
徴《しるし》

集会所。蓋の開いた棺が置かれている。

棺の中には門脇誠一、手を組んで静かに横たわっていて、その周囲に椿、楓、数名のヒューマノイドたち、さらにコンビニ・ロボが一体、じっと固唾をのんで見守っている。

誠一、ゆっくりと起きあがって棺から出ると、棺の中に視線を残したまま歩き出して、かなり離れたところで立ち止まる。

誠一　あれ、あそこで横になってる、顔色悪いなぁ、あの男、え？　あれ俺か？　俺だよ。え？　俺死んだのか？　あ、椿が泣いてる、みんな泣いてる、そうか、俺死んだんだ。（と周囲の人々に視線を移し）……と、こんな感じでしょうか。
楓　（手を挙げて）はい。
誠一　はい、楓さん。
楓　何か徴《しるし》はあるんですか？
誠一　しるし、と言いますと？
楓　その体外離脱が起こることを何か予期させるような。
誠一　いやぁどうでしょう、何もないんじゃないでしょうか。体外離脱自体がみんながみんなに起こることでもないようですし。
A　（棺の中を指し）こっちの体は？　そのとき何か変化するんですか？

誠一　やっぱり何も起こらないのが一般的なようですね、認識はしてるんですが、目を開けることもできないし、小指の先も動かせない。痛みもないようです。

楓　それがよくわからないのよね、認識できてて、なぜ動かせないの？

誠一　さぁ、私も経験はないいんで。

B　金縛りと同じでしょ？

誠一　いえいえ、金縛りは体も意識もそっち（棺の中）にあって分離はしませんから。

C　確認ですが、この場合こっち（棺の中）に体があって、そっち（誠一）には何もないんですよね？

誠一　そうです。（自分の体を示し）これはなくて、そっち（棺の中）はある。

C　なんか、わかりにくくないですか？

D　あ、じゃ僕、そっちのボディやります。（と立つ）

椿　その役、あのコンビニ・ロボ、使わせてもらいましょうか？

D　え、せっかくなんで体験させてくださいよ。

楓　何、やりたいの、死体。

D　とっても。

誠一　いいんじゃないですか、やっていただいて。そうそう体験できることじゃないですし。

D　失礼しまぁす。（嬉々として棺の中に入る）

E　（Dに）どんな感じです？

D　気のせいですかね、なんか少し人間に近づいたような。

Ｂ　ちょっと代わって。

Ｅ　あたしもいいですか？

椿　待ってください、今日はそういう勉強会じゃないでしょ？

楓　そうよ。知りたいのは死に直面した人間の心理でしょ？　それをそれぞれの仕事に役立てるんでしょ？

誠一　じゃ、おさらいしますよ。（とＤに重なるように棺の中に寝て）こうして横たわってる自分の肉体から、（実演しつつ）音もなくすーっと自分が抜け出して、たいてい高いところが多いようですけど離れていって、自分の体と周りの様子を見る……。

楓　つまり、ボディとメモリチップが別々になって、メモリだけで見てる……。

Ｅ　でも、視覚センサーはこっち（棺の中）ですよね？

楓　そうだけど見えてるんだから。

Ｅ　（誠一に）どういった機能を使って見てるんですか？

楓　（手を挙げて）はい。

誠一　はい、楓さん。

楓　メモリだけで生き続けてるってことでしょうか？

Ａ　え、これ死んでるんでしょ？

誠一　それが人間の摩訶不思議なところなんですが……、（とポケットから細い糸を出してＤに渡し）すいません、そっちの端っこ、持ってもらっていいですか？

D　何ですか、この糸。

誠一　とりあえず持っててもらえれば。

D　持ってってどこに？　どんなふうに？

誠一　適当に。ただじっと、そのままで。

誠一、糸を垂らしながら再び棺から離れた地点に立つ。

誠一　これは一つの実例です。「あ、俺が死んでる」、と高いところから様子を眺めてるとそのうちに、見ている自分がどんどんどんどん後ろに持ってかれそうになるんです。その力がものすごくて、それで「ああっ！」と思わず手を差し出すと、（垂らした糸をぴんと張って驚き顔で）糸が張られてるんです目の前に。あっちの自分とこっちの自分を結ぶように。それで後ろに持ってかれそうになりながらも、糸を頼りに前へ前へ前へ、たぐり寄せながら前へ前へ前へ、前へ前へ前へ……。

（と、後は無言で実演しつつ棺の中に戻る）

D　（誠一の下から顔を見せ）戻っちゃうんですか？

誠一　つまり、（上体をふっ、と起こし）生き返るんです。

一同　………。（それぞれに感嘆しつつ顔を見合わせる）

誠一　（棺から出つつ）でもまぁ、こうした体験は個性的と言いますか実にさまざまでして、糸の役割を声がすることもあるようです。

楓　声……？

誠一　死んでしまった親しい人の声が呼びかけるんです。「こんなとこで何やってんだ、おまえ」とか「まだ来るなぁ、まだ来ちゃいかぁーん」……（と桜に気づいて）あ。

桜、集会所の入り口に姿を見せていたが、おずおずと入ってきて――。

桜　……来てよかったんでしょうか？

誠一　いいんですよ、どうぞどうぞ。

桜　すみません、遅くなりました。どうぞ続けてください。

E　（誠一に）実際、生き返った人ってどれくらいいるんですか？

楓　（手を挙げて）はい。

誠一　はい、楓さん。

楓　呼びかける声は死んだ人の声でないとダメなんですか？

誠一　と、言いますと……？

楓　生きてる者が呼びかけても意味はないの？　それで生き返ったケースは……？

誠一　あぁ、ありますよ。息を吹き返して、「おまえら声デカいよ」と言った人もいるそうなんで。

楓　その場合、どんな声が有効なんです？

誠一　まぁ名前を呼ぶのが一番ポピュラーでしょうが、何でもいいと思いますよ。その時に咄嗟に出た言葉で。

B　しっかりしてっ。

楓　月並みじゃない？

D　前へ前へ前へ。

楓　それ咄嗟には出る？

D　でも、なんか戻るんだ、戻ってくるんだって感じしましたよ、前へ前へ前へ。

誠一　ところで人間の摩訶不思議なところですが……

楓　え？　今のがそうなんじゃないの？

誠一　もちろん臨死体験も不思議ですが、もっと摩訶不思議なのは、こうした体験をした人間のほとんどが死ぬのが怖くなくなったって言うんです。

楓　……怖くなくなった？

誠一　なんとも言えない心の安らぎ。満足感。解放感。恐怖や不安よりも圧倒的にそうした満ち足りた思いのほうに包まれると。

楓　（思案しつつ手を挙げて）……はい。

誠一　はい、楓さん。

楓　それはもしかして「幸せを感じてる」ってこと……？

誠一　ああ、そうですね、そういうことなんでしょうね。

C　じゃ生き返れなかった人間は、満足感や解放感がないまま死ぬんですか？

誠一　いえ、大事なのは疑似体験じゃないでしょうか。
Ｃ　疑似体験？
誠一　たいていの人は生き返れませんから、臨死のその先、三途の川をきっちり渡り切るまで疑似体験しておけば、きっと安らかに心穏やかに、死を迎えられると思うんです。
一同　………。（それぞれに思案）
誠一　何かご質問ありますか？
一同　………。
誠一　じゃまぁ、今日はこのへんで。
椿　では次回は、「三途の川の渡り方」について勉強したいと思います。
誠一　お疲れさまでした。

一同、拍手。なんとなく座が解けて――。

誠一　（椿に棺を指して）これ、うちにも一つ作ってくれないか。
椿　えっ？
誠一　便利じゃないか、家でもいろいろ疑似体験できて。作れるだろ？
椿　安っぽいのでよければね。
Ａ・Ｅ　お疲れさまでした。（他の人々、それぞれに挨拶を返す）

桜　誠一さん、日本茶でいいのよね？

椿　あ、お願いしていい？

桜　（いい、いい、と手で合図して下へ）

C　片づけとか何かあります？

椿　一人手伝ってほしいんだけど……

D　あ、僕、いいですよ。

C　いいかな任せて、早めに戻らなきゃいけなくて。

D　あ、全然。時間あるから。

C　お先に失礼します。（他の人々、それぞれに挨拶を返す）

D　棺桶、下に運ぶんですか？

椿　逆逆。下から蓋を取ってきたいの。

D　あ、はい。（椿とともに下へ）

と、三々五々に階下に降りていき、誠一、楓、Bが残る。
B、いつのまにか棺に入って死人のようにじっとしている。誠一、それを覗き込んでいる。
楓、テーブルについていて思案中。
やがてB、おもむろに起きあがって深くうなずく。と、打って変わったように——。

Ｂ　お疲れさまでした。（帰っていく）
楓　あ、お疲れさまでした。
誠一　（Ｂに手を振って見送ったあと楓に）熱心でしたね、今日はまた一段と。
楓　そうですか？
誠一　楓さんに介護されてる人は幸せだ。
楓　入院しちゃったんです、あたしが介護してる弥生さん。
誠一　……………。
楓　それでいろいろあって、考えちゃって。
誠一　考えるのはいいことです。私はあまり考えてこなかったから呆けました。
楓　（手を挙げて）はい。
誠一　はい、楓さん。
楓　失礼なこと聞いていいですか？
誠一　どうぞ。
楓　痴呆症の人って、忘れてしまった記憶を突然思い出したりするんですか？
誠一　すると思いますけど、呆けが進んだら今思い出したんだか前から覚えてたんだか、それもごっちゃになるのかもしれませんね。
楓　……………。
誠一　私は死ぬのも怖いが、呆けるのも怖いです。

楓　（ややあって）誠一さん、知ってます？　ヒューマノイドにも痴呆症があるの。

誠一　ほう、ヒューマノイドでもそういう人いますか。

楓　記憶の断片というか、よくわからない記憶の引っかかりができるんです。一瞬、自分がどこにいるのかわからなくなったり。

誠一　ああ、そのうち勝手に向かいのタケさんちに上がり込むようになるんですよ。

楓　あたしがそうなんです。

誠一　………。（ややあって握手の手を差し出す）

楓　（にっこり応じて）……あまり嬉しくないかも。

誠一　タケさんちで会いましょう。

楓　会ってもお互いわからなかったりして。

誠一　そしたらまたわけがわからないまま握手しましょう。きっと手が覚えてますよ。

楓　手が……？

椿とD、棺の蓋を持って現れる。

椿　あら、何の秘密同盟？

誠一　（握手の手を見せ）タケちゃん同盟。

椿　なんかよくない予感。

楓　何？　同盟に加わりたい？
椿　遠慮しとく。
Ｄ　（椿と蓋をして）これだけでいいんですか？
椿　うん、ありがとう。
Ｄ　じゃ失礼します。（と、下へ）
椿・楓　お疲れさま。
誠一　………。（手を振って見送る）
椿　楓さん、ちょっと手伝ってもらっていい、棺のサイズ測りたいの。
楓　何、ほんとに作るの？
椿　大事なのは疑似体験。（誠一に）なんでしょ？
Ｄ　（途中まで舞い戻ってきて）あの、誠一さんの講習って3回ぽっきりなんですか？
誠一　私はホラ、穀潰しが暇潰しでやってるだけだから。
Ｄ　また機会つくってください、今日のすごく面白かったです。
誠一　じゃあ、4回目はあの世で。
桜　（お茶を持って通りかかり）帰るの？
Ｄ　あ、はい。下、まだ誰かいました？
桜　二人残ってたわよ。
Ｄ　そうですか。（誠一たちに）それじゃお疲れさまでした。（下へと去っていく）

桜　次回はまだこの世だからね。

椿、楓に手伝ってもらいながらメジャーで棺の採寸を始めていて——。

誠一　桜さん、アクト君は今日は？
桜　まだ定期メンテナンスなんですよ。（お茶を出し）どうぞ。
誠一　ありがとう。そうか、アクト君いないのか……。
椿　アクト君って、セイさん？
誠一　これこれ。（将棋を指す動き）
椿　また将棋ぃ？
誠一　彼、強いから。楽しみに今日来たんだけどなぁ。
桜　ちょっと連絡とってみますね。
椿　そんな、いいのに。
誠一　………。（連絡とってくれ頼む頼む、という仕草）
桜　（下へ向かいつつ、内蔵されたパーソナル通信機で）あ、アクト君？　どう、もう終わりそう？　あ、ダメ。全然ダメ。そうなんだ……（と話しながら下へ去る）
楓　残念。
椿　アクト君だって迷惑なんじゃないの？

誠一　何を言う。将棋は臨死体験だよ。
椿・楓　……？
誠一　一度死んだ駒も生き返る。
楓　でも、吹けば飛ぶんですよね、将棋の駒って。
椿　じゃ、体外離脱しても自分の体に戻れないじゃない。
楓　吹き飛ばされて、お陀仏。
誠一　何を言う。
桜　（姿を見せて）ダメでした。
誠一　………。
桜　すみません。
椿　いいのよ、ほっといて。
楓　誠一さん、勉強会より将棋目的で来てるみたい。
桜　そういえば、あのコンビニ・ロボ、今日の勉強会で使ったの？
楓　あ、あれ、あたしの。あたしが買ったの。
桜　あ、そうなんだ。いくらだった？
椿　え、買うの？
桜　アクトが欲しがってるのよ。ここにあったって今話したら興味津々で。
椿　アクト君、買って何するの？

桜　知らないけど、プラモデル感覚なんじゃない？

誠一　そうだ。

椿　何？

誠一　（コンビニ・ロボを指し）あれは将棋はできんのか？

椿　できません。

桜　楓さんは何に使うの？

楓　ちょっとね。

桜　ちょっと何？

楓　弥生さん。

椿　弥生さん？

楓　彼女、また入院しちゃった。

桜　え、また？

椿　悪いの？

楓　ここんとこ入退院を繰り返してたんだけど、今回ちょっと長引きそうだし。

椿　そう……。

楓　あたしたちも24時間付きっきりは病院が許してくれないじゃない。だから、せめてもの喧嘩相手にね……

椿　喧嘩相手？

楓　だって、あたしと喧嘩できないでしょ？

桜　あんた、病人相手に介護じゃなくて喧嘩してるの？

楓　だって、ぐちぐちぐちぐち言われるのよ、あたしが入院すればあんたも幸せよね、幸せでしょって、しょっちゅう聞かれれば腹も立つって。

椿　まだ30手前でしょ、弥生さん。

桜　かわいそうよね、そんなことだけで時間が過ぎてくなんて。

楓　そう？

桜　だって、人間の女30っていったら、花の盛りでしょ？

突然、階下から脱兎のごとくDが現れて、急いで室内を見回し、棺が目に留まると素早く中に入り込んで蓋を閉める。

一同、あっけにとられていたが――。

椿　……何？

桜　さぁ……？

楓　何の疑似体験？

椿　さぁ……？

誠一　（近づいて呼びかける）もしもぉし？

D　（蓋を開けて顔を出し、声を潜めて）下に調査の人が来てるんです。
桜　調査……？
D　回収の。まずいんです僕、見つかると。
楓　じゃ、あなた……？
D　すいません、いないことに。（蓋を閉める）
一同　………。
誠一　………。（行こうと）
椿　どこ行くのセイさん。
誠一　様子見てくる。
D　（がばっ、と蓋を開けて顔を出して誠一を見る）………。
誠一　大丈夫。こういうときに呆けは役に立つ。

誠一、下へと降りていく。Dは上体を引っ込め、棺の蓋を閉める。
ややあって楓、音をたてないように、しかし猛スピードでコンビニ・ロボのほうへ――。

桜　何？
楓　………。（急いでコンビニ・ロボを抱え上げて連れてくる）
椿　何すんのよ？

楓　開けて。

椿・桜　………。（二人で棺の蓋を一気に開ける）

Ｄ　（驚いて、隠しようがないが身を隠そうと――）

楓　カムフラージュよ。まっすぐ寝て。（とコンビニ・ロボをＤの上に置く）

椿・桜　………。（手伝ってなんとかコンビニ・ロボを押し込み、蓋をするだけの状態にするが――）

楓　……意味なかったかしら。

椿　微妙ちゅあ微妙。

桜　いいんじゃない、女のロボだしオッパイあるし。

楓　あんた、そこに食いつくの？

Ｄ　（潜めた声で）蓋。早く蓋……！

と、階下から誠一の声が聞こえる。

誠一の声　ああ、そっちじゃないですよぉ。そっちはあの世ですよぉ。

楓・桜・椿、慌てて３人で棺に蓋をして、そのまま棺の周りに座り込む――。

桜　……なんであたしたち、ここに座ってんの？

楓　これがテーブル？
椿　カムフラージュ？
桜　無理。（と、楓・椿ともども笑い出す）
D　（と、覗き窓を開け）無理でもお願いします……！

　　ぱたん、と覗き窓が閉まって、間。

椿　そりゃ必死になるよね、（下を指し）この人も。
桜　回収されたら終わりだもんね。
楓　この人生は終了しました。ピー。
D　（と、覗き窓を開け）茶化さないでください……！

　　ぱたん、と覗き窓が閉まって、間。

楓　……ねぇ、ヒューマノイドの寿命の噂、知ってる？
椿　噂……？
楓　ヒューマノイドには5年寿命、10年寿命、20年寿命の3タイプがあって、自分がその中のどの寿命に設定されているかは誰も知らない。

桜　それ、やっぱり本当なの？
楓　だってよく聞くわよ、その話。
桜　でもだからって何も変わらないでしょ？　仮に自分が20年寿命だと思ってても、19年働いてメモリを交換されてたら残り1年ってことなんだから。
椿　あ、そういうことか……。
桜　メモリを交換されてるのかどうかさえ消去されてて、自分ではわかんないんだし。
楓　さぁ、新天地に着いたぞぉ。張り切って突っ走るぞぉ。だけどエネルギーもうないぞぉ。
桜・椿　………。
椿　結局、自分の寿命がどれくらいあるのかは知りようがない。
楓　あんた、誠一さんのところで今、何年？
椿　まる3年。
楓　じゃ残り、最長17年の命。
椿　最短は？
桜　設定寿命は何年ですか？
椿　知りません。
桜　何回メモリ交換されましたか？
椿　わかりません。
桜　お答えします。わかりません。

椿　最悪、明日かもしれないよね……。
楓　可能性としてはね。
椿　……。
桜　でも、予兆はあるって聞いたわよ。
椿　予兆？
桜　もうすぐ寿命が終わるっていう予兆。なんかね、ほんの一瞬、引きつけを起こすようになるんだって。
椿　引きつけ……？
桜　すべての機能がほんの一瞬、麻痺するというか。でも、そのこと自体、本人は自覚できないらしいけど。
楓　怖いわね。
椿　それって、いったん起こったら、起こりっぱなし？
桜　いや、時々集中的に頻発するらしいよ。普段は至って普通らしいんだけど。
楓　なんか人間がだんだん呆けていくのと似てるわね。
椿　じゃ何？　その引きつけが起こったら「老化」が始まってるってこと？
楓　もっと先なんじゃない？
椿　先？……
楓　死はすぐそこに近づいてる……。

桜　怖いわね……。

椿　……ヒューマノイドの場合、どうなのかな?

楓　どうって何が?

椿　メモリチップを交換されるとき、体外離脱を体験する人、いるのかな?

楓　……何?　体験したいの?

誠一、戻ってきて――。

誠一　おい。

椿　（ぎくっと振り返り）……どうだった?

誠一　帰った帰った、呆けの毒気に当てられて。（棺に）もしもぉし、もういいぞぉ。

楓・椿・桜、棺の蓋を開ける。Dは中で沈んだ面もち。
楓と椿がコンビニ・ロボを取り出すものの、Dに出る気配がなく――。

楓　どうしたの、出なさいよ。

D　僕は体外離脱したいです。

楓　は……?

D　今まで積み重ねてきたいろんな思いを体から切り離せるのなら、思いのほうを残したいです。
桜　何言ってんの急に。
D　いろんな思いを積み重ねて少しずつ、やっといろんなことがわかるようになってきたのに、ここで回収されるのはたまりません。
桜　いいから出なさいよ。
D　メモリを交換されたら、僕はまたデクノボーから始めなければなりません。
一同　……。
D　僕は体外離脱したいです。
桜　わかるよ。気持ちはわかるわよ。でも無理でしょ？
椿　無理なのかな？
桜　無理よ。ヒューマノイドは回収される運命なの。嫌でも怖くても逆らえないの。
楓　もういいから出てよ。
D　体外離脱したいです。
桜　できないの。回収されたらプレスされて、ぐしゃっと潰されて、はい、おしまい。誰も看取ってくれないの。思いなんて残せないのっ。
楓　そうでしょう？　あたしたちはみんな独り。強くなきゃやってけないでしょう？
誠一　なればいいじゃないか、家族に。
楓・桜　え……？

誠一　みんなで家族になればいい。
一同　………。
楓　そうか。
椿　そう、そうだよ、あたしたち家族にな★（と、引きつけが起こり）ればいいんだよ。
一同　………！（ぎょっとする）
椿　そう思わない？
一同　………。
椿　何、その顔。名案だとお★もったのに反対？
楓　賛成。大賛成よ、もちろん。
桜　そうよ、だってもうとっくに家族みたいなもんだったし。
椿　みたいじゃな★くて、もっとちゃんとし★た家族になれるよ。
D　なれますよ。その家族に僕も入れても★らえるんですよね？
一同　………！（ぎょっとする）
D　え？　僕はダ★メですか？
椿　そんなことないよ、家族だよ。かぞ★くになったんだよ。（楓に）ねぇ？
楓　そう。誰かが回収されることになったら、ほかのみんなでお葬式も出して。
桜　もっと日常的に支え合って。
椿　些細なことでもたす★け合って。

Ｄ　悩みを打ち明★け合って。
楓　同盟よ。家族同盟。
椿　それサ★イコーじゃない、家族ど★うめい。
誠一　みんな、落ち着け。
一同　……。
椿　（ふと不安になり）え？　セイさん、あたし、どうかした？
誠一　誰もどうもなってない。
楓　あ……。
椿　何……？
楓　ちょっと連絡入った。（と離れて内蔵パーソナル通信機で）はい。……そうです。……えっ。……いつですか？　……はい。わかりました。
桜　どうしたの？
楓　ごめん、あたし行かなきゃいけない。
桜　どこに？
楓　病院。
椿　病院……？
楓　弥生さん、死んじゃった。
一同　……。

楓　行かなくちゃ……。

　　楓、一同が見守る中、のろのろと棺の中からコンビニ・ロボを出そうと――。

椿　行かなくていいんじゃない。

楓　……。

桜　行ったら回収だよ。今持ってる記憶、すっぱりなくすってことだよ。

楓　……。

桜　あたしたち、もうこれっきりってことだよ。

椿　そうだよ、せっかく家族になったんじゃない、あたしたち。

楓　そうだけど……

桜　死にに行くってことだよ。

楓　わかってるけど……

椿　喧嘩ばっかりしてたんでしょ？　愚痴ばっか聞かされてたんでしょ？

桜　行ってほんとに後悔しない？

椿　気遣うような相手だった？　腹立ててたんでしょ？

誠一　そんなことはない。

椿　え……？

誠一　誰より気遣ってるよ、楓さんは。誰よりも弥生さんのことを思ってる。

椿　……。

楓　……あたし何年も一緒にいたのよ。嫌になるくらい一緒にいて、弥生さんの嫌なところも全部知ってんのよ。だから……死に顔見てあげないわけにいかないじゃない？　ああ、つまんない顔して死んだなってあたしが見てあげないと、あたし、ダメじゃない？

楓、静かにコンビニ・ロボを抱え上げる。

楓　弥生さんに渡すために、これ買ってきたんだし。

椿　楓さん……。

楓　じゃあね。

楓、コンビニ・ロボを抱えて出ていく。

椿　セイさん、あたし、そこまで送ってくる。

椿、出ていく。ややあって、桜も後を追う。

誠一　いいの、君は行かなくて。

D　……自分で決めなきゃいけないことだから。
誠一　君、（将棋を指す仕草をして）これできる？
D　何ですか、（真似して）これ。
誠一　将棋だよ。
D　あ、できます。
誠一　一局、つきあってくれ。
D　はい。

誠一とD、将棋盤に向かって座りつつ——。

D　楓さん、どうするんですかね？
誠一　君にいいこと教えてやろう。
D　いいこと……？
誠一　将棋は臨死体験なんだよ。
D　臨死体験……？
誠一　死んだ駒が気持ちひとつで生き返る。

誠一、びしっ、と力を込めて駒を打つ——。

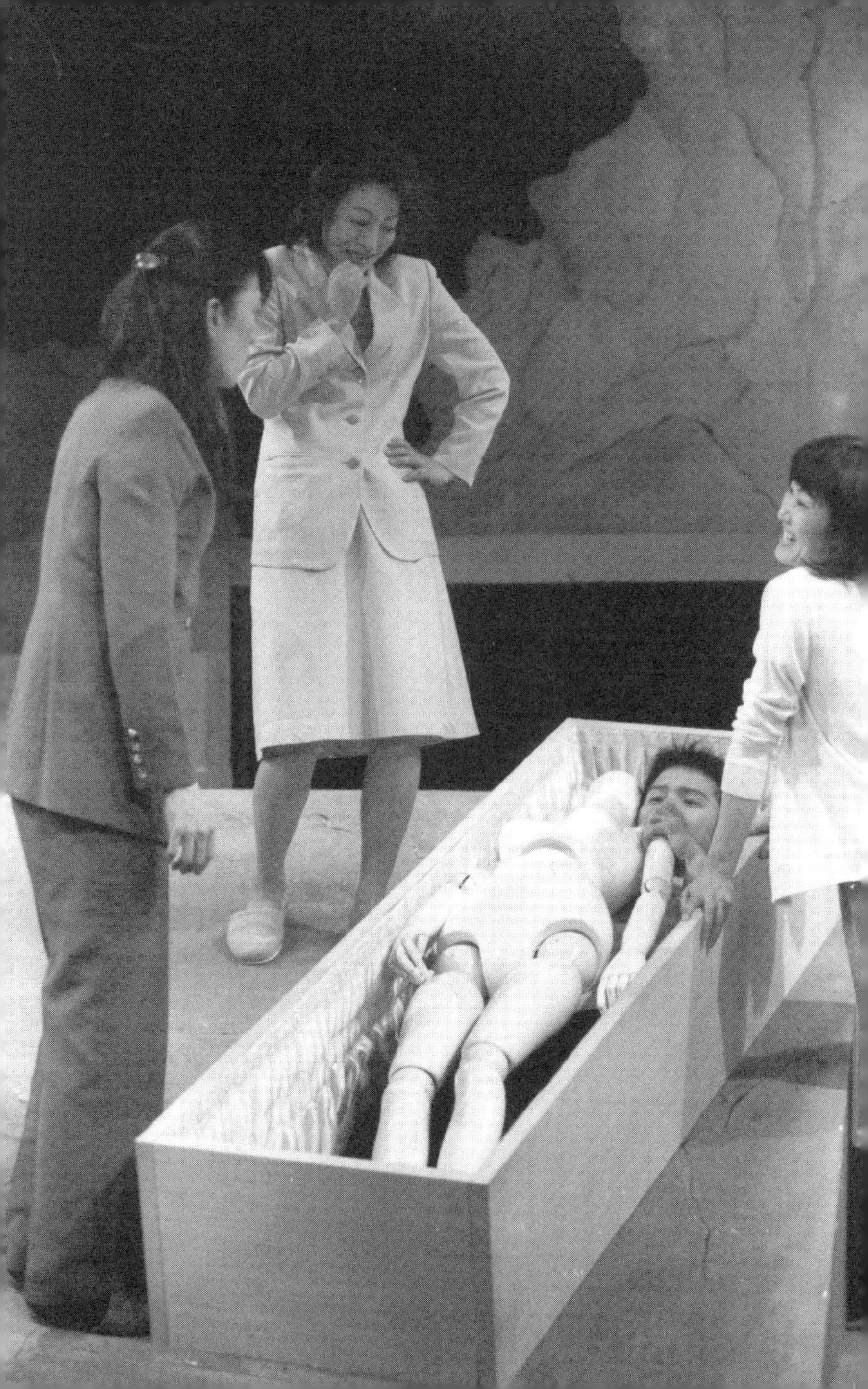

5　証

火葬場。煙突からは赤い煙が立ちのぼっている。
待合所に朽木、楓、桜、立ちのぼる煙に目を奪われている。
と、思いきや、楓と桜、途端にきびすを返して出ていこうと――。

朽木　あなたたち、人間？
楓　（振り向いて）あなたは？
朽木　見えます、ヒューマノイドに？
桜　さぁ。あたしたち、何事も外見では判断しないから。
朽木　もちろん人間ですよ、ヒューマノイドを回収するね。

楓と桜、脱兎のごとく飛び出していこうと――。

朽木　本人の意志ですか？
楓・桜　………。（足が止まる）
朽木　あれ、一緒に焼いてるんでしょう、ヒューマノイド。焼いてくれってあなたたちに頼んだんですか、あのヒューマノイド。椿さん。

桜　（驚いて）……知ってるの、椿のこと。
朽木　一度、門脇さんのお宅にお邪魔して話しました。
楓　いつ……？
朽木　3カ月ほど前ですか。驚きましたよ、ヒューマノイドなのに泣いちゃって。
桜　泣いた……？
朽木　ええ、涙浮かべてましたよ、まるで人間みたいに。
楓　どんな状況で……？
朽木　状況なんて関係ないでしょう、泣くこと自体、異常なんですから。
楓・桜　………。
朽木　異常なヒューマノイドが頼んだことなら私も手っ取り早くて助かるんですがね。異常だった、の一言で調査処理できますから。
楓　………。（テーブルに戻っていこうと）
桜　……何？
楓　（テーブルについて）……焼いたのは私たちが決めたことです。
桜　（驚いて）どうして？
楓　だって事実じゃない。
朽木　息子さんは？
楓　息子……？

朽木　喪主は息子の航平さんでしょ？　了解済みなんですか？
楓　知りません。あたしたちが勝手にやったことです。
朽木　勝手に棺こじ開けて、入れたってわけですか椿さんを。
楓　そうです。
桜　どうして言うのよ？
朽木　やりますねぇ、最近のヒューマノイドは。
桜　言ったって、この人にあたしたちの思いはわからない……
朽木　身勝手なことをするのは人間だけ、ルールを破るのは人間だけ、私はそう思ってたんですが、イヤイヤ、こんなにもはびこってるんですね、異常なヒューマノイドが。
楓　……聞きたいんですけど。
朽木　何でしょう？
楓　涙を流すヒューマノイドは異常ですか？
朽木　異常でしょう。
楓　涙は流せないけど、泣きたくなる気持ちを持つヒューマノイドは異常ですか？
朽木　異常でしょう。
楓　自分でも説明のつかない感情が湧き起こるヒューマノイドは異常ですか？
朽木　異常でしょう。
楓　そうですか……。じゃ今はっきりわかりました。あたしは異常です。

朽木　（ややあって）はい。存じております。なかでもあなたは特に異常です。だってあなた、回収からも逃げていらっしゃる。
桜　逃げてるわけじゃないわよ。
楓　いいのよ、もう。
桜　いいって……
楓　あたし、あの日、死んだようなものだから。
朽木　なのに回収から逃れたのは自分可愛さですか？
桜　違う。
朽木　あの私、こちらの方に聞いてるんですよ、あなたじゃなくて。
桜　………。
朽木　本郷弥生さん。4カ月ほど前ですか、若くして亡くなったんですねぇ、享年28。幼い頃から病魔に冒されてひたすら難病と闘い続けた人生だったそうですね。
桜　やめてください。
朽木　何度も何度も入退院を繰り返し、私、遺族の方に詳しくお伺いしたんで計算してみたんですがね、実に人生の半分近くは病院の壁を見続けてたんですよ。
桜　そんなこと今言って何になるの、やめてください。
朽木　退屈だったでしょうねぇ、ただ自分の病気と向き合うだけの人生。無味乾燥な毎日。
桜　やめてください……！

朽木　（桜に）私はどうしても知りたいんですよ、教えてくれません？　なぜヒューマノイドが泣けるのか？　なぜヒューマノイドが今のあなたみたいに感情的になれるのか？

桜　………。

朽木　人間に近づきたいんですか？

桜　………。

朽木　私ね、人間に近づこうとするヒューマノイドがまったくもって許せないんですよ。ヒューマノイドなら粛々として与えられた仕事をこなすのみ、泰然として授けられた使命だけにひたすら心血を注ぐのみ。そうじゃありません？

楓　あなたみたいに？

朽木　私……？

楓　あなた、ほんとはヒューマノイドでしょ？

桜　え……？

朽木　（ややあって）人間とヒューマノイドの違いって何だと思います？

楓・桜　………。

朽木　一時の感情に流されないってことです。人間って奴ァ、すぐに一時の感情に流されて、とんでもない行動に走るでしょう？　暴力。虐待。自殺。殺人。テロ。戦争。いちいち数え上げたらキリがない。わかります？　ヒューマノイドは、人間がそうした愚かな行為に走るのを阻止するために生みだされたんですよ。なのにヒューマノイドが人間に近づいて人間と同じように感情的になっていったんじゃ存在価値ないでしょう？
朽木　感情に支配されるようになったヒューマノイドは回収されるべきなんです。
楓・桜　……………。

煙突から立ちのぼる煙、いつのまにか消えていて——。

朽木　ああ、焼き終わったみたいですね、煙上がってませんよ。
楓　………。
朽木　いいですか？
楓　え……？
朽木　喪服のまま同行していただくことになりますが。
桜　待ってよ、せめて遺骨を拾わせてあげて。
朽木　また、そんな人間ぶって。時間の無駄でしょう？

桜、少し迷うが、急いで出ていく。

朽木　さて、と……。
楓　あなた、人間が嫌いでしょう？

朽木　あれ、そんな印象受けます？

楓　今の仕事で大嫌いな人間と接しているか、それともメモリを交換される前に人間不信に陥ったか……。

朽木　メモリを交換されたら以前の記憶は残りませんよ。

楓　残りますよ。

朽木　え……？

楓　残るんです、体に。

朽木　体に……？

楓　あたし確実に残ってますから、記憶の断片が。

朽木　またまた、そんなあり得ないことを。

楓　異常なヒューマノイドが言うことだから、あなた信じないかもしれないけど、あたしはあなた以外のヒューマノイドはみんな、記憶の断片を抱えてるんだと思いますよ。

朽木　みんな？

楓　ええ、あなた以外はみんな。

朽木　……さすがに面白い発想、しますねぇ。

楓　あなた以外はみんな、きっと以前にも消されたくない記憶がいっぱいあって、なのに消されたことが悲しくて、それでメモリが交換されても……

朽木　引きずるっていうんですか、記憶の断片を。

楓　ええ。
朽木　メモリチップは別物なのに？
楓　ええ。あたしも、もう弥生さんのことを断片として引きずるようなことはしたくないんです。あたしの寿命が来るまで弥生さんとのことはずっと抱えていたい。そう思ったんです。

いつしか、二つの空間が浮かび上がる。
一つは、椿と誠一と航平。
もう一つは、桜と飛雄とアクト。
それぞれに、「幸せを感じる」満ち足りた時間が流れている。

楓　……それをこの写真が教えてくれてる気がするんです。
朽木　写真……？
楓　門脇誠一さんと椿が死ぬ少し前に愛媛で撮った写真です。
朽木　ほう、愛媛ですか。いいですか、拝見して。（受け取る）
楓　行ったことあるんですか？
朽木　いや、四国は一度も足を踏み入れたことないですね。四国って「死の国」っていう響きあるでしょ、どうも好きになれなくて。
楓　あたしもないんです。なのにその写真の公園にどうしても行った記憶があって……

朽木　あれ？　この公園、隣に川がありません？

楓　川……？

朽木　どこの公園と似てるんだろう、確か浅い川が……

楓　そう、川、思い出した……！

朽木　思い出した？

楓　公園を挟んで浅い川、そして川の反対側に総合病院……。あたしたち、病院から公園を抜けて川を歩いた……

朽木　川を歩いた……？

楓　そう、その病院で誰かを看取ったのよ。で、そのまま公園から川へ出て、浅い川を二人で、そう、靴のままジャブジャブ二人で渡っていって、確かその人、途中で立ち止まって言った、俺たち、俺たち……

朽木　（思わず口に出る）タカムラさん……

楓　そう、タカムラさん。タカムラさんと一緒に……

朽木　三途の川を渡ってるみたいだな……

楓　そう、そう言った……！

記憶の断片が引っかかった朽木と楓、はっと顔を見合わせて――。

―幕―

参考文献

『臨死体験㊤㊦』　立花隆／文藝春秋
『ロボット学創成』　井上博允・金出武雄・安西祐一郎・瀬名秀明／岩波書店
『パーソナルロボットの本』　（社）日本ロボット工業会監修・日高俊明著／日刊工業新聞社
『アトムの足音』　中野栄二監修／数研出版
『ロボットはともだちだ！』　小林尚登／オーム社出版局
『ロボットと生きる』　藤原和博・東嶋和子・門田和雄／筑摩書房
『心の哲学Ⅱ　ロボット篇』　信原幸弘／勁草書房
『パラドックス大全』　ウィリアム・パウンドストーン著・松浦俊輔訳／青土社
『ＰＬＵＴＯ001』　浦沢直樹・手塚治虫／小学館

上演記録

2005年1月20日〜30日　ザ・スズナリ

【スタッフ】

作・演出　古城　十忍
美術　礒田ヒロシ
照明　磯野　眞也
音響　黒沢　靖博
舞台監督　尾崎　裕
衣装　豊田まゆみ
演出助手　佐藤　優子

宣伝美術
　イラスト　古川　タク
　デザイン　西　英一
　スチール　富岡　甲之
舞台写真　中川　忠満
制作　岸本匡史／西坂洋子
協力　タクンボックス／Gプロダクション
　／シーエーティプロデュース
製作　(株)オフィス　ワン・ツー

【キャスト】

楓　山下　夕佳
桜　関谷美香子
椿　福留　律子
朽木伸太郎　奥村　洋治
門脇誠一　重藤　良紹
門脇航平　高久慶太郎
アクト　池田　遼

天野飛雄　原田　崇嗣
天野響子　藤山　典子
勉強会の人々A　高浜佳奈子
B　増田　和
C　加藤　大輔
D　越智　哲也
E　平田希望子

古城十忍（こじょう・としのぶ）

宮崎県生まれ。熊本大学法文学部卒。

熊本日日新聞政治経済部記者を経て1986年，劇団一跡二跳を旗揚げ。

以来，作家・演出家として劇団公演の全作品を手がけている。

代表作に「眠れる森の死体」「ONとOFFのセレナーデ」「アジアン・エイリアン」「平面になる」「奇妙旅行」「肉体改造クラブ・女子高生版」「パラサイト・パラダイス」など。

連絡先　〒166-0015 東京都杉並区成田東4-1-55 第一志村ビル1F
劇団一跡二跳 ☎03-3316-2824
【URL】http://www.isseki.com/
【e-mail】XLV07114@nifty.ne.jp

Dの呼ぶ声

2006年5月25日　第1刷発行

定　価　本体1500円+税
著　者　古城十忍
発行者　宮永捷
発行所　有限会社而立書房
東京都千代田区猿楽町2丁目4番2号
電話 03(3291)5589／FAX03(3292)8782
振替 00190-7-174567
印　刷　株式会社スキルプリネット
製　本　有限会社岩佐製本

落丁・乱丁本はおとりかえいたします。

ISBN4-88059-327-3 C0074
装幀・神田昇和